POÉSIES.

ÉLÉGIES

ET

ODES,

Par J. M. BUTIGNOT.

LYON,

IMPRIMERIE DE BALLANCHE.

1815.

ÉLÉGIES.

ÉLÉGIES.

ÉLÉGIE I.

MINUIT.

La nuit couvre d'un sombre voile
Cet asile silencieux,
Et de la vacillante étoile
La clarté brille dans les cieux.
Dans le lointain, la nue obscure
S'évanouit avec lenteur;
Le calme heureux de la nature
Répand son charme dans mon cœur.

Le temps, dans sa marche insensible,
Efface nos maux, nos desirs;
O nuit ! c'est dans ton sein paisible
Que je dépose mes soupirs !
Une mélancolique ivresse
Suit ta douce tranquillité;
J'aime à rêver dans la tristesse
Qu'inspire ton obscurité.

Majestueux amphithéâtre
De monts verdoyans et déserts,
J'aime à voir ta chaîne bleuâtre
Ceindre le rivage des mers.
De quelle impression sublime
Tu frappes mes sens éperdus,
Alors que sur l'immense abîme
Je vois tes rochers suspendus.

Perçant la forêt chevelue
Qui verdit tes froides hauteurs,
Tu portes au sein de la nue
Tes pics entourés de vapeurs.
Leurs sommets appellent l'orage,
Et, dans le silence de l'air,
Ils électrisent le nuage
Où dorment la foudre et l'éclair.

L'homme, sur ce roc solitaire,
Aime à se rapprocher des cieux;
Son œil étonné considère
Le cours des orbes radieux.
Il contemple l'étoile errante
Parcourant l'empire azuré,
Et versant sa clarté mourante
Sur l'univers décoloré.

Au loin, la plaine des montagnes
Étend son tapis onduleux,
Et l'heureux tableau des campagnes
Fuit sous l'horizon nébuleux.
Un brouillard léger s'évapore;
Il accroît l'ombre de la nuit,
Et l'œil incertain suit encore
Le lointain qui s'évanouit.

Mais déjà les Heures tranquilles
Atteignent le sommet des cieux,
Et le Temps, de ses mains agiles,
Pousse leur char silencieux.
Déjà l'étincelant Arcture
S'éloigne de nos sombres champs,
Et, traversant la nue obscure,
Montre à peine ses feux tremblans.

De la cloche retentissante
Douze fois l'airain solennel,
Semblable à la voix gémissante,
A frappé les voûtes du ciel.
Ses sons, à travers les nuages,
Semblent élever dans les airs,
Aux pieds du Dieu puissant des âges,
Le cantique de l'univers.

Les harpes célestes des Anges
Et tous les chœurs aériens
Ont fait retentir les louanges
Du saint dispensateur des biens.
Salut, ô minuit ! heure sainte,
Heure paisible des amans,
Tu répands une douce teinte
Sur ces tableaux frais et rians.

La paix repose sur la terre :
J'entends la chûte du torrent
Dont l'onde écumante et légère
Fuit du rocher en murmurant.
Elle roule ses eaux plaintives
Et serpente en un long détour ;
On croit entendre sur ses rives
Les soupirs confus de l'amour.

O délicieuses images
De la nature et de la nuit !
Ciel azuré, doux paysages,
Combien votre aspect me séduit !
Tout se tait ; le sommeil tranquille
Enchaîne, par un doux repos,
Le laboureur dans son asile,
Et répand sur lui ses pavots.

Les Songes heureux, les Chimères
Voltigent autour des humains,
Et dans leurs ombres mensongères
L'ambitieux lit ses destins.
Solitude de la nature !
O réduit humble du pasteur !
O mes fleurs ! ô douce verdure !
Vous suffisez à mon bonheur.

ÉLÉGIE II.

A MES VERS.

Je voudrais lui parler : soudain ma voix expire.
O mes vers, dites-lui ce que je n'ose dire,
Qu'un seul de ses regards suffit à mon bonheur.
Présente, son aspect fait tressaillir mon cœur;
Absente, son image à mes yeux retracée,
A chaque instant du jour sourit à ma pensée,
Et dans la nuit encor des mensonges heureux
En des rêves d'amour la montrent à mes yeux.
Naissez mes vers, naissez enfans de l'harmonie,
Qu'inspire la tendresse et non pas le génie.
Empressés et soumis, et tendres tour à tour,
Peignez-lui bien mes feux, mes craintes, mon amour,
Cet amour dont sans cesse elle accroît le délire :
Vous serez trop payés par un tendre sourire.

ÉLÉGIE III.

LA TOMBE DU TROUBADOUR.

Que j'aime l'aspect romantique
De ce bois rempli de fraîcheur,
Sa paix douce et mélancolique,
Et sa religieuse horreur !
J'erre dans ses sombres allées,
Et parviens, par un long détour,
Vers les retraites isolées
Que préférait le Troubadour.

Sa cendre muette repose
Sous l'ombrage de ces berceaux
Qu'un ruisseau fugitif arrose
Du mouvant cristal de ses eaux.
Là, le funéraire narcisse,
Emblême des tendres regrets,
Agite son tremblant calice,
Et s'élève autour des cyprès.

Prosterné sur ce marbre humide
Qui semble encor mouillé de pleurs.

L'amant que la piété guide
Vient jeter ses bouquets de fleurs.
Souvent l'amante délaissée,
Rêvant aux malheurs de l'amour,
Vient nourrir sa triste pensée
Sur la tombe du Troubadour.

On dit que son ombre charmée
Se plaît sous ces ombrages frais :
Souvent de la rive embaumée
Elle suit les détours secrets ;
Près de cette onde elle voltige,
Elle folâtre avec la fleur,
Elle courbe en fuyant sa tige
Et disperse au loin son odeur.

La nuit, quand Phébé languissante
Fait briller son disque argenté,
Et sur la feuille vacillante
Répand sa mobile clarté,
Lorsque le vent léger soupire
Dans le bosquet silencieux,
Eveillée alors par Zéphyre,
Elle s'abandonne à ses jeux.

Mais si les plaintes d'une amante
Troublent la paix du monument,
Au bruit de sa voix gémissante
Elle s'arrête tristement,
Ou glissant dans la nuit obscure,
Comme un vain songe, une vapeur,
Elle semble par son murmure
Vouloir consoler sa douleur.

ÉLÉGIE IV.

A ÉMILIE.

HONNEUR de la tribune, orateurs généreux
Dont l'éloquente voix protège l'innocence,
Et vous, hommes divins, vous qui, de la science
Parcourez les premiers les sentiers ténébreux,

Et vous, vengeurs du monde, historiens sévères
Dont les plus fiers tyrans redoutent les regards,
Illustres favoris de la gloire et des arts,
J'aspirais au laurier qui ceint vos fronts austères.

Plein d'un espoir si noble, et du vrai seul épris,
J'étudiais vos lois, votre morale pure,
Et ces secrets que l'art dérobe à la nature,
Et mon front pâlissait sur vos doctes écrits.

Quand le Temps apportait le Sommeil sur ses ailes,
La clarté d'une lampe, au milieu de la nuit,
Veillait autour de moi ; loin du monde et du bruit,
Je méditais encor vos pages immortelles.

Le désir de connaître est un présent des cieux :
Par lui l'homme agrandi s'élance de la terre,
Et juge en ses desseins le maître du tonnerre.
Son génie élevé le met au rang des dieux.

Un jour a tout changé. Tes grâces ingénues,
Tes traits, belle Emilie, ont troublé tous mes sens.
Je crois ouïr toujours tes magiques accens.
Toujours ton nom revient sur mes lèvres émues.

Je tressaille en secret. Tantôt, dans son ardeur,
Mon cœur bondit d'amour et bat avec vîtesse;
Tantôt il est frappé d'une sombre tristesse.
Je désire, je brûle et je tombe en langueur.

Mes yeux, fixés jadis sur les travaux du sage,
Viennent timidement contempler ta beauté.
Ma bouche qu'instruisit l'austère vérité,
Près de toi balbutie un amoureux langage.

Ce front, jadis couvert de l'orgueil du savoir,
Devant toi s'humilie, ô maîtresse adorée !
Et quand tu ris des maux où mon ame est livrée,
Je te sers en esclave et chéris ton pouvoir.

3

Ah ! que sont les faveurs des filles de mémoire,
Qu'est toute la science au prix de tes regards !
Plaire à celle qu'on aime est le plus doux des arts,
Et j'ai laissé pour toi les attraits de la gloire.

ÉLÉGIE V.

A ÉMILIE.

JE songe à toi quand se lève l'aurore.
Je songe à toi pendant l'éclat du jour.
Quand la nuit vient, la nuit me trouve encore
Songeant à toi, songeant à mon amour.

Heureux, heureux celui que ton image
Poursuit sans cesse et la nuit et le jour;
La liberté, la froide paix du sage
Ne valent pas ses doux chagrins d'amour.

ÉLÉGIE VI.

LES BAISERS.

Un bruit léger s'est fait entendre.
Vers mon lit on vient doucement.
Approche, fantôme charmant,
Comme un baiser va me surprendre !
Le charme qui suit la beauté
S'est répandu dans le silence ;
Mon cœur devine ta présence
Au milieu de l'obscurité.

O toi qui règnes sur mon ame,
Écoute mes plaintifs accens.
L'amour a rempli tous mes sens
De son impétueuse flamme.
L'amour, l'amour brûle mon cœur.
Son feu me consume dans l'ombre,
Et la fraîcheur de la nuit sombre
Ne peut éteindre son ardeur.

Viens auprès de moi, que je touche
Ces bras, ce sein voluptueux !

Chère idole, cède à mes vœux,
Et viens reposer sur ma couche.
Pour quitter ces voiles légers
Qu'attends-tu ? redoute l'aurore.
Calme l'ardeur qui me dévore.
Viens-donc, j'ai soif de tes baisers.

Tu m'entends, et déjà tu presses
Ce cœur gonflé par les soupirs.
Mon Emilie à mes désirs
Répond par ses douces caresses.
Ses baisers ont séché mes pleurs.
J'entends sa voix enchanteresse.
Tu soupires.... à son ivresse
Mon ame succombe, je meurs.

Délices d'une sainte joie
Que la foi promet aux mortels,
Doux trésor des champs éternels,
Plaisirs purs où l'ame se noie,
J'ai goûté vos ravissemens ;
Je suis heureux lorsqu'Emilie,
A son amant qui la supplie,
Accorde ses baisers charmans.

ÉLÉGIE VII.

A LA SAÔNE.

Des bords de l'Ile - Barbe.

DÉESSE de l'Arar, douce et paisible amante
Qu'appelle dans son lit le Rhône impétueux,
Plus heureuse que moi, vers l'objet de tes vœux
Tu fuis ; et sur ces bords ton onde frémissante
Redit à nos rochers tes soupirs amoureux.
Ah ! si de ton bonheur ton ame toute entière
N'est pas remplie, arrête, écoute ma prière :
Demain sur ces gazons, mille jeunes beautés
Viendront d'un pas léger effleurer la verdure,
Et brillantes d'attraits, de grâces, de parure,
Attirer sur leurs jeux tes regards enchantés.
De toutes la plus belle et celle que j'adore
Paraîtra dans ces lieux. Entraînant tous les cœurs,
Baissant les yeux au bruit des hommages flatteurs,
Elle viendra demain ! demain.... est loin encore.
Déesse qui m'entends, porte-lui mes douleurs.
Non loin de la presqu'île où ton onde enchaînée,
Du fleuve au flot d'azur sert le doux hyménée,
Est un manoir champêtre, orgueil de ce séjour,
Où la beauté se cache aux regards de l'amour.

C'est là qu'elle respire, à l'amitié livrée,
De fleurs et de parfums, d'innocence entourée.
O déesse ! un instant fais trève à tes plaisirs :
Dût en mugir le Dieu redoutable et sauvage
Qui, le front couronné des roseaux de la plage,
Sur son urne penché, t'explique ses désirs,
Échappe à ses baisers : diligente courrière,
Vole, et près de ces bords, soupire ma prière,
Que vers elle bientôt conduiront les zéphyrs ;
Dis-lui :

      « Jeune beauté, votre aimable puissance
        « S'étend sur tous les cœurs.
» A mes flots, un amant qu'attriste votre absence,
        » Vient de mêler ses pleurs.

      « L'onde du ciel que boit la prairie altérée,
        » Et le fruit du désert brûlant,
» Sont moins doux que ne l'est à son ame enivrée,
        » Votre aspect séduisant.

» Si des regards jaloux trompant la vigilance,
        » Il ne peut tout oser,
» Belle, donnez du moins un soupir à l'absence,
        » Au retour un baiser. »

ÉLÉGIE VIII.

A ZÉPHIRINE.

Te souvient-il de la soirée
Où nous rêvions aux bords d'un limpide ruisseau ?
Tes chants, ceux de ta sœur redirent à l'écho
Les douloureux accens d'Antigone éplorée.

Heureux, assis auprès de toi,
J'écoutais, recueilli, tes notes languissantes ;
J'aspirais les soupirs de tes lèvres charmantes.
Tu séduisis mon cœur, et tu régnas sur moi.

Non, Orphée aux sons de sa lire,
Demandant Eurydice à l'empire des morts,
Ne fit point retentir d'aussi touchans accords.
Il n'inspira jamais un si tendre délire.

Savait-il, à de douces lois
Soumettre en un moment le mortel le plus sage ?
Avait-il ce regard, ce céleste visage ?
Oubliait-on la vie en écoutant sa voix ?

Oh ! que cette bouche vermeille
Doit s'embellir encore aux aveux de l'amour !
Que ta voix, exprimant un aimable retour,
D'un amant fortuné doit enchanter l'oreille !

Le lendemain , dans ces momens
Où l'heure ramena la commune prière,
Quand mes genoux pressés se courbaient sur la pierre,
Toi seule était le dieu qu'imploraient mes sermens.

Quand la douce voix d'Henriette
Était, auprès de Dieu, l'organe de nos cœurs,
Le mien chargeait tout bas des accens si flatteurs
De peindre mon amour et ma flamme secrète.

O momens trop vîte écoulés ,
De doux ressouvenirs vous rappellent sans cesse.
O sentimeus d'amour, inexprimable ivresse,
Vous me restez vous seuls et vous me consolez.

ÉLÉGIE IX.

L'HIVER.

L'HIVER sombre et voilé s'avance
Blanchissant les monts sourcilleux :
Il suit les vents noirs et frilleux
Dont la cohorte le devance.
Orné d'ifs languissans, son char avec lenteur
Parcourt la céleste étendue,
Et du sein glacé de la nue
Il verse sa secrète horreur.

La nature se décolore,
Les jeux charmans se sont enfuis,
Et de longues et froides nuits
Précèdent la tardive aurore.
Ainsi s'évanouit la saison des beaux jours.
Ainsi le temps inexorable
Détruit la beauté peu durable,
Et met en fuite les amours.

ÉLÉGIE X.

LES TOMBEAUX.

Guide-moi, tremblante lumière,
Vers ce portique dévasté :
Sur ses marbres et sa poussière
Fais briller ta pâle clarté.
Jadis le faste et la mollesse
Ont habité sous ces lambris;
Le temps a ravi leur richesse,
Et je ne vois que des débris.

Le char lancé dans la carrière
Est moins rapide que les ans.
Ici d'une race guerrière
Ont brillé les nobles enfans;
Leur voix a frappé cette voûte,
Leur gloire remplissait ces lieux,
Leur cendre y repose. J'écoute....
Tout est calme et silencieux.

De ces honneurs prix des conquêtes
Et de leurs belliqueux travaux,

De ce palais qui vit leurs fêtes,
Que leur reste-t-il ? des tombeaux.
Maintenant l'oiseau des ténèbres,
Souillant des morts l'abri sacré,
Fait seul ouir ses cris funèbres
Sur leur monument ignoré.

Orgueil, splendeur, jeunesse, charmes,
Ici tout est anéanti.
La mort est insensible aux larmes,
Et la tombe a tout englouti.
Du riche ici finit la joie,
De ses jours l'espoir est déçu,
Et de leur fil d'or et de soie
Se brise l'éclatant tissu.

Jeune beauté, fleur passagère;
La mort, de son souffle odieux,
Détruisit ta grâce légère,
Ton sourire délicieux.
Ce front autrefois ceint de roses,
Connut les baisers d'un amant,
Et loin des amours tu reposes
Au sein du triste monument.

Aux orages dé l'existence
Succède un calme redouté.....
Perçant la nuit et le silence,
Que me veut ce larve attristé ?
L'œil terne, la bouche béanté,
Soulevant ses épais linceuls,
Il reproche à ma voix tremblante
De troubler la paix des cercueils.

Mais quoi ! ma lampe sépulchrale
S'éteint sous l'humide vapeur.
Sa flamme expirante, inégale,
Jette une dernière lueur.
Au sein de tes noires ténèbres
O nuit ! quels prestiges affreux !
Quels sons, quelles ombres funèbres
Parcourent lentement ces lieux ?

L'airain sonne : la cloche antique
Trouble au loin ta profonde horreur,
Et son timbre mélancolique
Retentit au fond de mon cœur.
Ainsi quand tout dort, le temps veille;
Son cours ne peut être arrêté,
Et tandis que l'homme sommeille,
Il fuit avec rapidité.

Mais déjà renaît la lumière :
Les cieux ont marqué son retour.
Déjà l'étoile avant-courrière
Pâlit en annonçant le jour.
Zéphyr s'éveille. L'air s'embaume
Des parfums légers de la fleur.
Sur ces tombes l'errant fantôme
N'agite plus son corps trompeur.

Reviens, aurore consolante,
Chassant la terreur et la nuit,
Rougir de ta pourpre brillante
La vapeur qui s'évanouit.
Et toi, Soleil, dans ta carrière
Révèle à l'homme ses erreurs,
Sa fragilité, sa misère
Et le néant de ses grandeurs.

ÉLÉGIE XI.

SUR LA MORT DU JUSTE.

CRÉATEUR des humains, ô Dieu clément et juste,
Qui traças sur nos fronts ta ressemblance auguste,
L'ame d'un de tes fils vient de briser ses fers,
Et son dernier soupir s'exhale dans les airs.

La mort a terrassé sa languissante proie,
Elle a fermé ces yeux où rayonnait la joie,
Elle a glacé ces bras tendus aux malheureux,
Et que ton saint amour élevait vers les cieux.

Il n'est plus. Les flambeaux, les torches sépulchrales
Attristent ces lambris de leurs clartés fatales.
Ton fils dort dans la tombe, et ses frères en deuil
Dans un morne silence entourent son cercueil.

Ouvre devant ses pas la céleste patrie.
L'homme exilé soupire après une autre vie.
Que son ame, ô grand Dieu, trouve enfin le bonheur
Aux vastes régions séjour de ta grandeur.

ÉLÉGIE XII.

LA MÉDITATION.

L'ÉTOILE au front doré brille à travers la nue ;
Ses rayons, parcourant la céleste étendue,
S'en vont frapper au loin les yeux du voyageur.
Doux silence des nuits, que tu plais à mon cœur !
Dans ton sein je médite, et mon ame ravie
S'abandonne à l'espoir d'une future vie.
Que les grands de la terre étalent leur splendeur,
Je ne désire point leur fragile bonheur.

Je ne désire point l'éclat ni la richesse.
Le sceptre ou les faisceaux donnent-ils l'alégresse ?
Que ne puis-je ignoré couler en paix mes jours,
Sans que les soins mortels viennent troubler leur cours,
Posséder dans les champs un abri solitaire,
Et là soigner mes fleurs et cultiver ma terre,
D'une onde fraîche et pure arroser mes gazons,
Et dans leurs doux présens admirer les saisons !

Qui me révélera les secrets du grand Etre ?
Qui viendra m'expliquer, sous ce berceau champêtre,

Sa gloire, sa grandeur, ses sublimes desseins ?
O mort, je vois ton glaive avec des yeux sereins !
Viens, frappe, et de ses fers dégage ma pensée
Vers l'immortel séjour vainement élancée;
Qu'assis auprès du Dieu qui combla mes désirs,
Je redise sa gloire et d'inconnus plaisirs !

ÉLÉGIE XIII.

LA RÊVERIE.

APAISE tes flots, ô naïade,
Rivalise les doux zéphyrs,
Et que le bruit de ta cascade
Se change en languissans soupirs.
Je vous revois, verte prairie,
Bosquets, tombe du troubadour,
Lieux qui charmez la rêverie
De la tristesse et de l'amour.

Habitant du funèbre empire,
Chantre paisible aimé des cieux,
Tu ne diras plus sur ta lyre
Les chants du pasteur ni ses jeux.
Quel bois sacré parcourt ton ombre ?
Quel vent délicieux et frais,
Agitant son feuillage sombre,
Trouble son silence et sa paix ?

Ou, dis-moi, dans quel vide immense
Errent les corps aériens ?

Quel sentiment suit l'existence
Lorsqu'elle brise ses liens,
Ou quelle vaste intelligence,
Dans le vague de l'univers,
Reçoit la légère substance
De l'âme qui fuit dans les airs ?

Libre du joug de la nature,
Tu lis ses immortels décrets;
Ton œil perce la nuit obscure
Dont elle couvre ses secrets.
Dis-moi quelle main invisible
Pousse les mondes dans les cieux,
Et fait mouvoir l'astre paisible
Dans l'espace silencieux ?

Quel dieu fit naître la matière,
Créa le jour et les mortels,
Et dans le sein de la lumière
Lança ces orbes éternels,
Ou quelles flammes dévorantes,
Embrasant jadis l'univers,
Ont vu de leurs vagues brillantes
Jaillir les globes dans les airs?

Quels habitans peuplent l'étoile
Qui suit son cours avec lenteur ?
Sont-ils comme nous ceints du voile
Des passions et de l'erreur ?
Connaît-on, sur ses hémisphères,
L'espoir, la crainte et les amours,
Les amours, ces douces chimères
Qui font le charme de nos jours ?

Jours enchanteurs, calme paisible,
Noirs orages, cruels travaux,
Vous formez la pente insensible
Qui mène à l'éternel repos.
Mais la mort, ce tyran du monde,
Confond-elle en brisant nos fers,
Dans le sein d'une nuit profonde,
Et l'innocent et le pervers ?

Ah ! dis-moi, fantôme céleste,
Qu'étais-je avant de voir le jour ?
La vie est-elle un don funeste,
Un don de colère ou d'amour ?
Étais-je la flamme brillante
Qui s'élève aux cieux éternels ?
Étais-je l'insensible plante,
Ou vivais-je au rang des mortels ?

Errant sous ce feuillage sombre,
Je m'assieds sur ton froid tombeau.
Ma prière évoque ton ombre,
Et j'entends gémir le ruisseau.
Le bruit de l'onde fugitive
Se mêle au souffle des zéphyrs...
Est-ce ta voix, ombre plaintive,
Qui s'explique par des soupirs ?

Es-tu la terre que je foule
Et qu'Aurore mouille de pleurs ?
Es-tu le ruisseau qui s'écoule
Parmi la verdure et les fleurs ?
Es-tu la fraîche et pâle yeuse ?
Es-tu le souffle des zéphyrs
Dont la bouche voluptueuse
Fit naître les jeunes plaisirs ?

Mon âme en vain s'est élancée.
Jouet des sentimens divers
Qui troublent sa faible pensée,
Elle se débat dans les fers.
Je marche environné de l'ombre,
Et ma main que l'erreur conduit,
Agite en vain le voile sombre
Qui répand cette affreuse nuit.

Puissance inconnue et suprême,
O toi qui régis l'univers,
Et ceins ton front du diadême
Des sombres volcans et des mers,
O Dieu qui gouvernes l'abîme
Et les mondes étincelans,
Ta main, de ton trône sublime,
Protége tes faibles enfans.

Tu te dérobes à la vue.
Toi seul tu juges les humains.
Alors tu t'assieds sur la nue,
Tenant ta foudre dans tes mains.
Autour de toi, ta cour légère,
Sur l'aile docile des vents,
Te voit, t'écoute et te révère,
T'offre des fleurs et de l'encens.

~~~~~~

ÉLÉGIE XIV.

L'INCERTITUDE.

Accours, ô sombre mort, accours d'un pas léger,
    Mes soupirs te demandent :
Des entraves des sens daigne me dégager,
    Frappe... les cieux m'attendent.

Les cieux ! ô vain espoir ! quel immense avenir,
    Et quelle nuit profonde !
Où fuiras-tu, mon âme, à ce dernier soupir
    Où ton bonheur se fonde ?

Viens, habite avec moi l'horreur du monument,
    Elle n'est point à craindre :
Et les siècles sur nous passeront vainement
    Sans pouvoir nous atteindre.

Tu cesseras de voir les folles actions
    Des mortels misérables,
Qui donnent aux plaisirs, aux viles passions,
    Des jours si peu durables.

Tu verras arriver en ce lieu redouté
L'indocile jeunesse,
L'âge mûr plein de force, et la fière beauté,
Et l'avare vieillesse.

Souvent l'infortuné fait entendre en ces lieux
Sa plainte gémissante;
La tombe y retentit des pleurs d'un fils pieux,
Des soupirs d'une amante.

O mon âme, à ce bruit, à ces gémissemens
On te verra sensible;
Ton trouble excitera les doux frémissemens
De ma cendre paisible.

Le laboureur peut-être, un jour guidant le soc
Sur cette terre émue,
Les débris de ma tombe entr'ouverte à son choc
Viendront frapper sa vue.

Alors, mon âme, alors tu fuiras dans les airs,
Tandis que ma poussière,
Confondue et mêlée en cent endroit divers,
Se perdra sur la terre.

Mais soit qu'un vert bosquet s'élève dans ces lieux,
    Soit qu'en sa course errante,
Un jeune fleuve y roule en détours sinueux
    Son onde transparente ;

Soit que des champs féconds s'y couvrent des présens
    Que l'été fait éclore ;
Source de mes plaisirs, compagne de mes ans,
    Ah ! ne fuis point encore.

Établis ta demeure en ces aimables lieux,
    Habite ce feuillage,
Erre avec les zéphyrs et partage leurs jeux
    Sur ce charmant rivage ;

Ou lorsqu'en se courbant le timide glaneur
    Lentement suit la plaine,
Près de lui fais entendre un murmure flatteur,
    Et soulage sa peine.

Vain désir d'être encor ! ô douce illusion
    Où mes pensers m'égarent !
Tu viendras, jour affreux, jour de destruction
    Que les âges préparent !

6

Alors, mon âme, alors quel immense avenir
Et quelle nuit profonde !
Où fuiras-tu ? que faire à ce dernier soupir
Que poussera le monde ?

ÉLÉGIE XV.

A MA MÈRE.

La main d'un Dieu juste et sévère
De mes jours éteint le flambeau :
Pleurez, pleurez, ma tendre mère,
Votre fils descend au tombeau.
Déjà son bras que la mort glace,
Vous cherche en ses derniers momens;
Vain désir ! un immense espace
Lui ravit vos embrassemens.

Un jour, par un récit fidelle,
Vos amis sauront mon trépas;
Ils vous tairont cette nouvelle
Que votre amour ne prévoit pas.
Quand, perçant la foule étrangère,
Vous passerez d'un air content,
Les femmes diront : « Cette mère
» Ignore le coup qui l'attend. »

Mais enfin ce fatal mistère
Sera découvert à vos yeux :

Alors vous pleurerez, ma mère,
Et vous accuserez les cieux.
Alors foulant toutes contraintes,
Frappant l'air de cris superflus,
Vous m'appellerez dans vos plaintes,
Mais je ne vous entendrai plus.

Chaque soir, dans votre vieillesse,
En vous rappelant mon amour,
Vous vous direz avec tristesse :
« J'ai perdu mon fils sans retour;
» Vers les cieux il m'attend sans doute,
» Sur moi son regard est tourné.
» O mort ! crois-tu que je redoute
» De m'unir à mon bien-aimé ? »

Enfin, du poids des ans chargée,
Vous arriverez au cercueil;
D'amis une troupe affligée
Vous entourera de son deuil;
Leur douleur paraîtra sincère :
Mais nos noms fuiront de leurs cœurs;
Nous n'aurons laissé sur la terre
Que notre dépouille et nos pleurs.

ÉLÉGIE XVI.

AU VILLAGE DE S.ᵗ R....

ADIEU, vallons de ma patrie,
Montagnes aux fronts chevelus
Qui dominez sur la prairie,
Mes yeux ne vous reverront plus.
Je n'entendrai plus le langage
De vos paisibles habitans ;
Je ne verrai plus le village
Où j'ai coulé mes jeunes ans.

Je n'irai plus dans la chaumière,
Où je poussai le premier cri,
T'embrasser, ma seconde mère,
Presser le sein qui m'a nourri.
Je n'irai plus, dans la soirée,
M'asseoir auprès de tes enfans,
Et, sur la chaise délabrée,
Partager leurs jeux innocens.

Je péris à la fleur de l'âge.
Ainsi, sous la fougue des vents

Un arbuste que bat l'orage,
Se brise et tombe dans vos champs.
Je meurs, ô ma seconde mère,
Je quitte ce séjour mortel.
Ah ! quelquefois, dans ta prière,
Songe à ton fils devant l'autel.

ÉLÉGIE XVII.

LE SACRIFICE MAGIQUE.

VENEZ, ô mes amis, quand je ne serai plus,
Venez voir quelquefois ma tombe solitaire;
Mais respectez alors, dans vos pleurs superflus,
La triste paix du larve et son silence austère.

Que les sons de la flûte et l'éclat de vos chants
Suivent seuls dans ces lieux votre marche bruyante;
Qu'au réveil des tombeaux leurs pâles habitans
Soient frappés de plaisir et non pas d'épouvante.

Venez, lorsque la nuit et l'aquilon fougueux
Auront couvert le ciel de nuages funèbres,
Quand le magicien, hérissant ses cheveux,
Consulte les démons au milieu des ténèbres.

Alors que, rassemblant tous les poisons cruels
Que produisent les sols d'Iolque et d'Ibérie,
Il les mêle au cyprès qui pare ses autels,
Et décrivant un cercle, il pâlit de furie.

Sa main saisit l'enfant qu'il immole aux esprits.
La coupe se remplit de son sang qui murmure.
Le silence est troublé par de lugubres cris,
Et ce noir sacrifice agite la nature.

Le ciel devient plus sombre, aucun astre ne luit,
Le vent mugit au loin, l'enfer brise ses portes,
Et les démons ailés, dans l'horreur de la nuit,
Font planer sur les airs leurs nombreuses cohortes.

Tout ressent le pouvoir de ses enchantemens.
Loin des chemins tracés le voyageur s'égare,
Son pied touche à l'abîme où roulent les torrens;
Il y tombe, et sa voix accuse un sort barbare.

Le fantôme plaintif erre autour du trésor,
Et parcourt la forêt qu'il remplit de prodiges.
Le chien dans le lointain hurle et prédit la mort,
Des songes menaçans versent leurs noirs prestiges.

L'épouse se débat dans un sommeil affreux,
La sœur voit en rêvant couler le sang d'un frère,
Et l'enfant, entouré de spectres furieux,
Se presse avec effroi sur le sein de sa mère.

Alors, ô mes amis, allumez vos flambeaux,
Rompez ce charme affreux par les cris de l'ivresse;
Apportez le tumulte au milieu des tombeaux,
Et chassez de ces lieux la crainte et la tristesse.

Que la fille adorée, au sourire enchanteur,
Guide sous les cyprès sa démarche légère,
Et que la Mort, qui veille en ce champ de douleur,
Contemple cette proie assurée à la terre.

Dressez sur mon tombeau la table des festins :
Que le bruit des chansons que suit le choc du verre,
Pénètre jusqu'à moi par d'inconnus chemins,
Et ranime à la fois mon âme et ma poussière.

Montrez vos fronts joyeux, vos visages rians,
A nos larves rêveurs, à nos tristes ombrages :
Au milieu des plaisirs foulez, couples charmans,
Ces lieux où dort en paix la dépouille des âges.

Le Temps, ornant sa faulx de guirlandes de fleurs,
Viendra rapidement se mêler à la danse,
Et la Mort, étalant ses livides couleurs,
Sur de vieux ossemens marquera la cadence.

Tout passe, ô mes amis, grâces, jeunesse, amour;
La trompeuse espérance avec eux est ravie.
Le temps fait sous sa loi succéder sans retour
Un silence éternel aux troubles de la vie.

Ce vainqueur, enivré d'espérance et d'orgueil,
Aux bouts de l'Univers court étendre sa gloire ;
La mort devant ses pas vient ouvrir le cercueil,
Et le héros descend du char de la victoire.

J'ai vu remplir ma coupe aux festins de l'amour,
Par la main des Plaisirs et le trio des Grâces :
En connaîtrai-je moins le rapide retour
Du Temps et de la Mort qui vole sur ses traces !

O mes amis, la paix n'est qu'au sein des tombeaux.
Que leur repos est doux, lorsqu'un zéphyr tranquille
Vient agiter les ifs et les frêles pavots,
Et que la pâle lune éclaire cet asile !

Alors un bruit léger s'élève des cercueils ;
Le triste oiseau des nuits quitte ses chants funèbres ;
Les morts majestueux déployant leurs linceuls,
Viennent s'entretenir au milieu des ténèbres.

Amis, nous irons tous en ces lugubres lieux ;
Nous aurons vu bientôt l'âge où l'homme succombe :
Plus rapide qu'un dard, le temps fuit sous les cieux,
Et d'une main puissante il nous traîne à la tombe.

ODES.

ODES.

ODE I.

SUR L'IMMORTALITÉ DE L'AME.

CET instant redouté par les faibles humains,
Où la mort vient finir le cours de nos destins,
Est pour moi sans terreur, et mon âme tranquille
Contemple avec désir son éternel asile.

Oui, je m'élèverai dans l'empire des cieux !
Soleil ! j'effleurerai ton disque radieux.
Mon regard se perdra dans la plaine immortelle,
Et je verrai les feux dont l'étoile étincelle.

Oh ! quels seront alors ma gloire et mes plaisirs !
Je ne formerai plus d'inutiles désirs.
Heureux enfant du Dieu de la terre et des ondes,
Je verrai sous mes pas l'assemblage des mondes.

Je verrai se mouvoir tous ces orbes divers
Dont une main puissante a semé l'Univers.
Mon œil contemplera le Dieu qui les anime,
Et dont le trône immense est fondé sur l'abîme.

O lune, qui pâlis à l'aspect du matin,
Mon souffle planera sur ton globe argentin
Où s'en vont des mortels les pompeuses chimères
Et les vœux insensés et les folles prières.

Je saurai quels esprits habitent tes bosquets ;
Si leurs tendres plaisirs sont suivis de regrets,
Et si tes régions et tes fleurs arrosées
Brillent des diamans que sèment les rosées.

Alors, au sein des airs, l'éternel Créateur,
Dévoilant à son fils ses secrets, sa grandeur,
Son essence et sa gloire et les accords des sphères,
Mon esprit étonné concevra ses mystères.

Je saurai comment l'homme, enfant de la douleur,
Soumis à l'infortune, est né pour le bonheur ;
Pourquoi ce roi superbe est de boue et d'argile,
Et comment tout est bien quand l'homme est si fragile.

Je saurai quel forfait, dégradant les mortels,
Rendit nos vœux moins purs et nos cœurs criminels.
Je verrai l'ombre en pleurs de notre premier père,
Gémissante des maux répandus sur la terre.

Esprits, vous me direz si vos ravissemens
S'expriment par la joie et l'éclat de vos chants,
Ou si dans cette extase où votre âme est livrée,
Vous errez en silence au sein de l'empirée.

Ah ! quelque soit le sort des esprits éternels,
Je garderai toujours mes souvenirs mortels :
Je ferai retentir des sons de ma cithare
Ces plaines où déjà mon âme en feu s'égare.

L'ange au front couronné d'or pur et de saphirs,
Ouïra mes accens célébrer mes plaisirs :
Les concerts d'Eloa rediront sur la nue
Les hymnes inspirés à mon âme éperdue.

Quelquefois, mes amis, de l'empire des cieux
Mon ombre reviendra pour visiter ces lieux.
Balancé mollement sur la vapeur légère,
Je guiderai ma course au séjour de la terre.

Lorsque sur son déclin le soleil brille encor,
Je viendrai près de vous, sur un nuage d'or,
Voir vos paisibles jeux au sein de la prairie,
Et respirer l'odeur des champs de ma patrie.

8

ODE II.

SUR LA GRANDEUR DE DIEU.

OUVREZ-VOUS, bosquets solitaires
Consacrés à l'humble soupir
Du sage qui vient y nourrir
Ses méditations austères.
Ouvrez-vous, temples du bonheur,
Abris touffus, asiles calmes,
Courbez vos languissantes palmes,
Et couronnez mon front rêveur.

Je veux chanter l'éclat de la plaine étoilée,
Ses soleils parcourus par l'Espérance ailée,
Trônes resplendissans de brillantes lueurs,
Où montent nos désirs, notre encens et nos pleurs.
Je veux chanter le Dieu qui commande aux tempêtes,
Qui roule en sa fureur l'orage sur nos têtes,
Dont le foudre vengeur, effroi de l'univers,
Fend avec bruit la nue et frappe le pervers.

Sa main brise l'effort des ondes
Qui mugissent au fond des mers ;

Assis au vaste sein des airs,
Il retient la chute des mondes.
Il fit le déclin d'un beau jour,
Il créa la mélancolie ;
Par lui l'existence embellie
Connut le charme de l'amour.

Il guide dans les cieux sa marche triomphante.
L'archange étend sous lui son aile obéissante.
Au milieu de sa pompe, il vient dicter ses lois;
L'éclair est son regard, le tonnerre est sa voix.
Il porte dans ses mains la mort et la victoire.
Quel œil peut soutenir les rayons de sa gloire !
Les globes sous ses pas s'agitent pleins d'effroi,
Tout l'univers tressaille et reconnaît son roi.

Portés sur un nuage immense
Les anges, les esprits divers
Font entendre leurs saints concerts,
Et chantent sa magnificence.
J'entends le son des harpes d'or.
Le bruit de la flûte éclatante
Traverse d'une marche lente
Les airs qui frémissent encor.

Un vent frais et léger s'élève de la terre,
Et porte son hommage au sein de l'atmosphère;

Son murmure paisible annonce le respect
Qu'imprime à la nature un formidable aspect;
Il gémit sur les eaux et bruit dans le feuillage,
La fleur penche sa tête en redoutant l'orage,
La nature s'incline, et les fiers peupliers,
Balancés par les airs, courbent leurs fronts altiers.

    Ainsi mon cœur cède aux prestiges
    D'une brillante illusion.
    Grande et sublime vision,
    Entoure-moi de tes prodiges !
    Ton éclat séduit mes esprits ;
    Une douce et sainte épouvante
    M'agite, et ma bouche tremblante
    Pousse d'involontaires cris.

ODE III.

SUR LA MORT DU JUSTE.

QUELLE est cette pâle victime
    Assise sur un lit de mort,
Et qui fixant le jour par un dernier effort,
Entr'ouvre un œil mourant que la douleur ranime ?
Sur ce lit délabré, d'antiques vêtemens
De son débile corps écartent la froidure ;
Un languissant flambeau, près de sa couche obscure,
    Éclaire ses derniers momens.

    Sa voix s'élève avec murmure
    Contre l'éternelle équité :
« Je fus juste, dit-il, et tu m'as rejeté,
» Dieu puissant dont les soins protégent la nature.
» De mon fidelle amour l'infortune est le prix ;
» Avec humilité j'ai marché dans ta voie,
» Et le superbe, enflé d'une insolente joie,
    » A couvert mon front de mépris. »

    Du sein de sa cour éthérée
    L'Eternel touché voit ses pleurs.

A son ordre aussitôt, des sublimes hauteurs,
Un ange ouvrant son vol traverse l'empirée.
Le messager céleste à peine touche au seuil
Du réduit où la mort vient observer sa proie,
Et dans le cœur du juste une secrète joie
      Remplace et la plainte et le deuil.

      « O Dieu ! dit-il, ma récompense
      » Est dans le calme de mon cœur.
» Tu verses dans mon sein des torrens de bonheur,
» Et mon ame s'émeut d'une douce espérance.
» Prépare, ô sombre Mort, ton glaive redouté !
» Viens, ton sommeil est doux... tu m'entends, je succombe. »
Il dit, soupire et meurt. Le Temps, creusant sa tombe,
      L'appelle à l'immortalité.

ODE IV.

LE JOUR DU SEIGNEUR.

TROIS fois salut, ô jour de fête !
Salut, ô jour de l'Eternel !
Et toi, dont le bruit solennel
Prélude au bonheur qui s'apprête,
Airain qui portes jusqu'aux cieux
Tes sons chéris de mon enfance,
Répète l'antique cadence
Qui réjouissait nos aïeux.

Salut, ô beau jour du Dimanche,
Jour des danses et des plaisirs,
Des jeux, des aimables loisirs
Où la vive gaîté s'épanche !
Tu fais reposer nos hameaux,
Sur eux tu répands l'alégresse ;
Par toi leur riante jeunesse
Revêt ses atours les plus beaux.

Qu'entends-je ? quels heureux cantiques
Vont frapper la voûte des airs ?

Quelles voix forment leurs concerts
Dans ces solitudes rustiques ?
J'aperçois au sein des vallons
S'avancer un peuple fidelle ;
Sa prière fervente appelle
La faveur du dieu des moissons.

La bouche du pasteur entonne
Les hymnes dont le bruit sacré
Va frapper l'antre retiré,
Et dont au loin l'écho résonne.
D'une humble main les laboureurs
Portent leurs nouvelles offrandes,
Des épis tressés en guirlandes,
Des bouquets de fruits et de fleurs.

Oh ! que mon âme est réjouie !
O plaisirs de mes premiers ans,
J'ai retrouvé vos beaux momens
Et leur séduisante magie.
Aux champs habite le bonheur :
Il est au sein de l'innocence,
Parmi la rustique abondance,
Et dans l'heureuse paix du cœur.

ODE V.

HORACE AU DIEU FAUNE.

Traduction de l'Ode : *Faune , Nympharum.*

Dieu Faune, agile amant de la nymphe légère,
Quand tes pas ont franchi les bornes de ma terre,
Sois juste pour Horace et respecte ses champs ;
Daigne aussi t'éloigner de mes troupeaux naissans.

Tu le sais, je t'immole, à la fin de l'année,
Mon chevreau le plus beau ; de pampres couronnée
La coupe de Vénus s'emplit d'excellens vins ,
Et sur ton vieux autel fument les mets divins ;

Au retour des fraîcheurs que décembre ramène,
On célèbre tes jeux sur l'herbe de la plaine :
La douce oisiveté du pâtre et du taureau
Annonce dans nos champs la fête du hameau ;

Le loup près des agneaux sent éteindre sa rage ;
La forêt sur tes pas épanche son feuillage,
Et le groupe bruyant des joyeux laboureurs
Foule en cadence un sol qu'ont baigné leurs sueurs.

9

ODE VI.

SUR L'ENTRÉE DE NAPOLÉON, PREMIER CONSUL, A LYON.

21 frimaire an 10 — 12 décembre 1801.

POÈTE ami de la nature,
Abandonne ses champs glacés;
Tous leurs charmes sont effacés,
L'hiver a voilé leur verdure.
Guide ta marche vers ces lieux
Où la Saône, paisible amante,
Unit son onde languissante
Aux flots du Rhône impétueux.

Viens voir se rassembler sur nos heureux rivages,
Nos belles, nos guerriers, nos magistrats, nos sages.
Un grand mortel s'avance, et le peuple agité
Franchit avec ardeur les murs de la cité;
Il vole sur ses pas, conduit par l'alégresse.
Le bronze unit ses sons aux clameurs de l'ivresse,
Et la cloche, jadis ministre de l'effroi,
Redit ses graves chants à l'antique beffroi.

Au loin franchissant les montagnes,
Quittant leurs humides guérets,
Les nombreux enfans de Cérès
Accourent du sein des campagnes.
Vois-les, semblables à ces flots
Dont le Rhône, hâtant son onde,
Presse la course vagabonde,
Venir contempler un héros.

Oui, j'ai vu tes transports, ta fougue impatiente,
Ton éclat, ton orgueil, ô jeunesse bouillante ;
J'ai vu tes escadrons s'avancer fièrement.
Les panaches légers flottaient au gré du vent.
Ainsi nous avons vu tes infortunés frères
Guider dans les combats leurs phalanges altières,
Et ces braves brillans de force et de beauté,
Rougir au champ d'honneur leur glaive redouté.

Presse tes pas, troupe guerrière ;
Pars et ramène dans ces lieux
Ce grand mortel aimé des cieux,
Et qui sut fléchir leur colère.
Va, dis à ce chef des Français
Qu'il est le Dieu d'un peuple immense,
Épris de sa rare vaillance,
De sa grandeur, de ses bienfaits.

Et vous qui dispensant les dons de ce grand homme,
Rappelez les préfets et la splendeur de Rome,
Vous rappelez aussi ses antiques vertus.
Je vois parmi vos rangs l'un des héros d'Olmuz.
Puzy, pleuré long-temps d'une épouse chérie,
Conserva dans les fers l'orgueil de sa patrie.
Orateur, philosophe et chef de nos guerriers,
L'infortune et la gloire ont tressé ses lauriers.

Mais j'entends sonner la trompette;
Le bruit des tambours menaçans
Vient s'unir aux heureux accens
Que l'écho du fleuve répète.
Lyonnais, voilà le héros !
Votre jeunesse martiale
Orne sa marche triomphale
Aux clartés de mille flambeaux.

Les acclamations que pousse un peuple immense,
Portent aux cieux le nom du sauveur de la France.
Sa modestie en vain le dérobe au regard;
Les applaudissemens accompagnent son char.
Lyon avec transport revoit dans ses murailles
Ce mortel si terrible au milieu des batailles,
Orgueil du nom Français dont il est le vengeur,
Et grand par ses vertus comme par sa valeur.

ODE VII.

SUR LE RETOUR DE LA PAIX INTÉRIEURE.

1804.

O PEUPLE enfant de la Victoire,
Suspends le cours de tes exploits.
N'est-ce point assez pour ta gloire
D'être l'épouvante des rois ?
Tes querelles sont étouffées ;
Tes mains ont bâti des trophées
Aux bords des plus lointaines mers,
Et libres de leur chaîne antique,
Ont mis ta fière république
Au premier rang de l'univers.

Il est des soins plus beaux que les soins de la guerre.
L'éclat de la vertu sied au front des vainqueurs.
Rends tes grandes cités à l'empire des mœurs ;
Sois à la fois l'exemple et l'effroi de la terre.
La sagesse est l'appui des plus fermes états ;
Lorsqu'un peuple insensé quitte ce frein sévère,
    Le crime rompant sa barrière,
Se livre en son audace à tous les attentats.

Tu l'as vu, dans ces jours funestes,
Élever un front menaçant,
Et bravant les foudres célestes,
Trancher les jours de l'innocent.
Comme un impétueux orage,
Par-tout il sema le ravage ;
Il foula les plus saintes lois,
Et renversant le diadème,
Montra qu'une vertu suprême
Est l'unique soutien des rois.

La folle Ambition, la Discorde et la Guerre
Brisèrent tous les nœuds, confondirent les rangs ;
Nos biens furent en proie à d'avides tyrans ;
Mille forfaits nouveaux vinrent couvrir la terre.
Tels les vents échappés des antres caverneux,
En mugissant au loin se répandent sur l'onde,
Et voilant le flambeau du monde,
Troublent par leurs combats et la mer et les cieux.

Tels encor, ce chantre sublime
Du malheur des premiers humains
Peignit au fond du vieil abîme
La Confusion aux cent mains,
Le Tumulte aux voix différentes,
Le bruit des foudres éclatantes,

La Paix soudaine qui le suit,
Et le Chaos, ce vieillard sombre
Parmi les tempêtes et l'ombre,
Assis au trône de la Nuit.

O fureur sacrilége ! ô guerre impitoyable !
Sans doute un Dieu vengeur arma ces bataillons.
Nos fers de notre sang arrosent nos sillons,
La cloche au loin prolonge un accent lamentable.
La flamme des cités s'élève dans les airs.
Le Rhône avec effroi fuit ses rives fumantes,
Et dans ses vagues écumantes
Roule d'affreux débris jusques au sein des mers.

Habitans de nos beaux rivages,
Troupes de zéphyrs amoureux,
Jamais d'aussi cruels ravages
N'avaient interrompu vos jeux.
Des trompettes le son horrible
Retentit sous l'antre paisible
Où résonnaient les chalumeaux.
La terre mugit ébranlée,
Et la bergère désolée
A quitté vos rians berceaux.

Heureux l'humble mortel oublié de l'envie.
Son épouse du moins, en ces jours de douleurs,

Sur le seuil d'un tyran insensible à ses pleurs,
Ne vient point en tremblant redemander sa vie.
Le lit où cet époux, par ses embrassemens,
Lui témoigna ses feux et sa chaste tendresse,
  Muet témoin de sa tristesse,
N'est point troublé la nuit pas ses gémissemens.

  Mais dans cette affreuse licence,
  Malheur au riche citoyen !
  C'est en vain que de l'indigence
  Sa richesse fut le soutien.
  Malheur au mortel trop illustre
  Dont le nom brille encor du lustre
  Et des vertus de ses aïeux,
  Ou qui bravant des lois sévères,
  Fidelle au culte de ses pères,
  Garde la foi qu'il reçut d'eux !

Les grâces, la jeunesse à sa brillante aurore,
Rien ne peut attendrir nos cruels oppresseurs.
La Religion sainte, en proie à leurs fureurs,
Jusqu'au fond des déserts est poursuivie encore.
Hélas ! loin du pasteur les troupeaux sont errans;
Des brebis du Seigneur la retraite est troublée ;
  Des justes la sainte assemblée
A fui devant les pas de ces loups dévorans.

Un peuple, nourri des exemples
De ses ministres révérés,
Ne vient plus ouïr dans les temples
La voix des pontifes sacrés.
Grand Dieu ! sous ces voûtes augustes
Les sacrifices de tes justes
Par leurs mains ne sont plus offerts,
Et dans leurs fêtes magnifiques,
L'air frappé du bruit des cantiques,
Ne répète plus leurs concerts.

Quand la pâle Terreur n'est plus dans nos murailles,
Muse, pourquoi tracer ces funestes tableaux ?
Mais tu te plais à peindre et l'horreur des tombeaux,
Et les malheurs des rois et le bruit des batailles.
Tu suis le cours des temps en leur immensité ;
Tu vois l'ambitieux s'agiter sur la terre,
  Et loin des routes du vulgaire,
Le héros s'avancer à l'immortalité.

  Ton œil voit tomber les couronnes
  Du front humilié des rois.
  Tremblante alors, tu t'abandonnes
  Au feu qui maîtrise ta voix.
  Dans la sainte horreur qui t'anime
  Tu redis les efforts du crime,

Son court triomphe et ses revers,
Et par un indigne mélange,
Jamais une fausse louange
Ne souille et ta lyre et tes vers.

Quitte, ô fille des cieux, ces vêtemens funèbres,
Vole sur l'Hélicon, vers ces heureux bosquets
Où les mains de tes sœurs ceignent de leurs bouquets
Les poëtes, les rois et les guerriers célèbres.
Comme en un jour de fête orne ton sein de fleurs,
Joins le myrte et l'olive à la rose pourprée,
    Et viens, de guirlandes parée,
Viens chanter le héros qui finit nos malheurs.

        Vois-tu dans les champs de Bellonne
        Ce jeune rival des Césars ?
        Autour de lui la foudre tonne,
        Les guerriers mourans sont épars.
        Tantôt émule d'Alexandre,
        Il vient, sur des remparts en cendre,
        Planter nos généreux drapeaux,
        Et tantôt s'ouvrant un passage,
        Du héros fameux de Carthage
        Il surpasse tous les travaux.

C'est lui que l'Eternel, touché de nos misères,
A choisi pour sauver un peuple aimé des cieux,

Et rendre notre empire à l'éclat glorieux·
Dont il brillait au temps de nos fortunés pères.
Que ne peut un héros aidé d'un tel appui !
Son bras vengeur saura détruire l'anarchie ;
      Nos tyrans de leur trône impie
A ces marques d'un Dieu descendront devant lui.

      Entends tous les transports de joie
      Qu'excite ce libérateur !
      La terre émue au ciel renvoie
      Nos cris et nos chants de bonheur.
      Du ciel il remplit la promesse :
      Renaissante de sa faiblesse,
      La France a quitté ses douleurs.
      Mère par ses fils déchirée,
      La paix dans son ame est rentrée;
      Son bonheur seul cause ses pleurs.

Vois reparaître enfin et la Pudeur antique
Et les chœurs des Vertus ceintes de voiles blancs,
La Force, la Candeur aux regards innocens,
Et la Religion douce et mélancolique.
La Justice les suit tenant son sceptre d'or.
Ces vierges en chantant, mollement enlacées,
      Marquent leurs cadences pressées.
L'air frappé de leurs sons au loin frémit encor.

Les Arts, enfans de l'Abondance,
Jadis enfuis de ce séjour,
Reviennent chantant la Vaillance,
La Foi, les Vertus et l'Amour.
Leurs mains supportent les trophées
Où des Apelles, des Orphées
Sont inscrits les noms glorieux;
Près d'eux brille la Poésie,
Dont les Grâces et le Génie
Dictent les vers audacieux.

ODE VIII.

SUR L'INDÉPENDANCE DES ARABES.

PORTÉ sur un coursier fougueux,
L'enfant du désert fend les plaines
Où bravant les ardeurs des cieux,
Erraient les tribus incertaines
De ses ancêtres belliqueux.

Ses pas dans le lointain font retentir la terre
Où reposent en paix leurs restes généreux ;
Il élève sa tente en ces antiques lieux
Que ne profana point une race étrangère.

Noble fils de héros altiers,
Comme ses pères redoutables,
Il brandit ses dards meurtriers,
Et porte en ses mains redoutables
La lance des anciens guerriers.

Il transmet à ses fils le culte et la mémoire
Du Dieu qu'en ces déserts adorait Ismaël ;
Aux champs Iduméens, ce sublime immortel
Admire et reconnaît l'héritier de sa gloire.

Saintes et vastes régions !
En vain un ennemi terrible
Osa guider ses légions
Dans le désert inaccessible
Où mugissent vos fiers lions :

La Perse avec effroi vit une armée entière,
Drapeaux, chefs et soldats, dans le sable engloutis.
L'Arabe avec orgueil compta leurs os blanchis,
Et le vent dans les airs dispersa leur poussière.

Heureux est l'empire guerrier
Où des cohortes étrangères
N'ont pu conquérir un laurier;
Où l'honneur et ses lois sévères
De l'Etat sont le bouclier;

Où jamais l'étranger n'obtint l'indigne hommage
De citoyens par l'or et le luxe amollis,
Recherchant bassement des titres avilis,
Et les honneurs honteux d'un brillant esclavage !

ODE IX.

LE TEMPLE.

O DIEU ! permets que je contemple
Ta majestueuse grandeur.
Laisse-moi de mon front offert à ta fureur,
Frapper le parvis de ton temple.
Vois les maux où je suis livré.
J'ai suivi les penchans de ma folle jeunesse.
Mon cœur, par le crime égaré,
A fui dans son orgueil les lois de ta sagesse,
Et j'ai rompu leur frein sacré.

L'Orgueil, l'Amour et la Colère,
Funestes enfans de l'Erreur,
Ont fasciné mes yeux et versé dans mon cœur
Les feux d'une soif sanguinaire.
C'est ici que les fils des cieux
Viennent offrir les vœux de la simple innocence.
Le calme règne dans ces lieux,
Tandis que dans mon sein l'Amour et la Vengeance
Versent leurs flots tumultueux.

Jurant par le fer et la rage,

J'ai dit : « L'offenseur périra,

» Je le verrai tomber; son sang effacera

» La honte d'un cruel outrage ».

Élevant un front orgueilleux,

J'ai dit : « La valeur fait les héros de la terre,

» Sachons vaincre ou mourir comme eux».

Que disais-je, insensé ! mon rival est mon frère,

Et Dieu nous contemple tous deux.

Heureux qui, pénétré de crainte,

Suit les sentiers de la vertu!

Heureux qui, dans ses maux par ta main soutenu,

O Dieu, suit ta volonté sainte !

Tu le couvres de ton amour,

Jamais l'affreux remords ne vient troubler son âme,

Et quand brille son dernier jour,

Son cœur rompt ses liens, et brûlant de ta flamme

S'élève au céleste séjour.

ODE X.

SUR LA CRÉATION.

La terre est achevée : avec magnificence
Dans le vague des airs son orbe se balance.
Sur les bosquets d'Eden encore inhabités,
L'astre du jour répand ses premières clartés.

Dieu finit une œuvre si belle.
L'homme s'éveille et voit les cieux ;
Mais, seul, il soupire. A ses yeux
Eve brille, beauté nouvelle.
D'Anges alors un saint concert
Célèbre la toute-puissance ;
Le jour a perdu son silence ;
L'amour enchante le désert.

« O Dieu ! disent les chœurs, ô puissance incréée,
Créatrice de l'homme et de l'homme ignorée !
Tu combles son bonheur. De tant d'êtres divers
Nul n'échappe à tes yeux dans ce vaste univers.

Daigne écouter les saints cantiques
Dont pour toi retentit le ciel.
Père tout-puissant, éternel,
Que tes œuvres sont magnifiques !
Rien n'était encore : ta Voix
S'élève dans la nuit profonde,
Au Néant demande le Monde,
Et le Néant cède à tes lois.

Soudain avec horreur son sein produit l'espace,
Cet espace infini qu'aucun regard n'embrasse ;
Les cieux pressent les airs ; dans l'abîme jeté,
Le globe roule au loin sous leur immensité.

Oh ! quels effets de ta puissance !
Comment redire dans nos chants
Le tumulte des élémens,
Des mondes nombreux la naissance,
Les mugissemens du chaos,
Les ténèbres couvrant l'abîme,
Et dans ce désordre sublime,
Ton esprit porté sur les eaux !

Tu dis au jour de naître, et brillans de lumière,
Les astres à ta voix commencent leur carrière.
Des mondes, des soleils les orbes radieux
Roulent en frappant l'air de sons harmonieux.

La Nuit frémit à cette vue,
Et fuyant à l'aspect du Jour
Dont l'éclat dissipe sa cour,
Descend de son trône éperdue :
Elle s'indigne, et l'on ouït
Ses cris dans la céleste plaine ;
Mais la plainte de cette reine
Avec elle s'évanouit.

Le Chaos mugissant reconnaît ton empire.
Cet antique ennemi de tout ce qui respire
Succombe, et cependant tu permets qu'en tes fers
Son courroux impuissant trouble encor l'univers.

Ainsi jaloux de ton ouvrage,
On le voit dans les champs des cieux
Appeler les vents furieux,
Rassembler la Nuit et l'Orage ;
Son souffle, effroi des Océans,
Soulève la vague qui gronde,
Et sa voix, menaçant le monde,
Retentit au sein des volcans.

Mais toi, Père sacré de toute la nature,
Tu fais, quand tu le veux, cesser ce vain murmure ;
Tu regardes le monde, et le monde agité
Revoit des cieux plus purs et reprend sa beauté.

La terre était informe et nne :
Ses ondes, ses rochers déserts,
Son silence attristaient les airs;
Sur elle tu baisses la vue :
Aussitôt de ses monts épars
Les fronts se couvrent de verdure;
De ses vallons douce parure,
Les fleurs naissent de toutes parts.

Le cèdre dans les airs lève sa tête immense;
Le lis au bord des eaux mollement se balance;
Le fleuve en serpentant trouve un bord toujours vert,
Et l'ombre du palmier s'étend dans le désert.

L'esprit agite la matière;
Il la tourmente : Dieu du jour,
Principe de vie et d'amour,
Tu remplis la nature entière.
Déjà par toi l'homme est formé.
Le limon se meut et respire,
Il connaît la vie, il soupire.
Le rocher se lève animé....

C'est l'éléphant : son œil a fixé la lumière.
Le coursier généreux livre aux vents sa crinière.
Déjà le cerf léger, habitant des forêts,
Cherche la source vive et les ombrages frais.

Créé dans la vague profonde,
Léviathan presse les mers;
Il sillonne les flots amers
Entouré des peuples de l'onde.
L'aigle s'élance aux champs des cieux,
Et mille troupes innocentes
De l'air heureuses habitantes,
Font retentir leurs cris joyeux.

La terre te salue; elle incline ses poles
Dont ta main a tracé les vastes hyperboles;
De ses flancs éclairés, obscurcis tour à tour,
Par-tout s'élève un chant de bonheur et d'amour. »

ODE XI.

A ÉMILIE.

Vois ce jeune habitant du ciel
Qui descend des plaines sacrées :
Ses cheveux en boucles dorées
Ombragent son front immortel ;
De ses traits la grâce ingénue
Adoucit sa noble fierté ;
Il vient, charmant par sa beauté
Les hommes surpris à sa vue.

Ainsi, dans ce mortel séjour,
Tu brilles, ô jeune Emilie,
O toi, mes délices, ma vie,
Céleste objet d'un pur amour !
Ainsi, de tes grâces parée,
Baissant tes regards enchanteurs,
Au bruit des éloges flatteurs,
Belle, tu marches adorée.

Va, ces brillans enfans des cieux
N'ont point ta beauté, ton sourire ;

Ils n'ont point, dans leur saint délire,
Ta voix, tes chants harmonieux;
Et l'or et le saphir bleuâtre
Qui ceignent leurs fronts radieux,
Ne valent pas tes blonds cheveux,
Tes yeux d'azur, ton sein d'albâtre.

*

Jeune objet qui reçus ma foi,
Ange charmant, sois mon asile :
Mon cœur et plus pur, plus tranquille,
Lorsqu'il est animé par toi.
Lorsque tu remplis ma pensée,
Le remords s'enfuit de mon cœur,
Semblable à l'obscure vapeur
Par l'astre du jour dispersée.

ODE XII.

SUR LA DESTRUCTION DE PARIS.

1804.

> Væ eis, quoniam recesserunt à me : vastabuntur,
> quia prævaricati sunt in me : et ego redemi eos :
> et ipsi locuti sunt contra me mendacia.
>
> PROPHET. OSEE, c. 7.

TEL un torrent enfle son onde,
Et grondant sous des cieux obscurs,
A travers les champs qu'il inonde
Au loin répand ses flots impurs,
Tandis que de son toit, sur les vagues bruyantes,
Le triste laboureur voit les moissons flottantes :
Tel aujourd'hui le crime en ses débordemens
S'élève, et d'un Dieu saint brave les châtimens.

En quel temps, ô Seigneur, ton Poéte respire !
Ton nom béni jadis, maintenant outragé,
Sur un peuple infidèle a perdu son empire ;
　　Par ses malheurs son cœur n'est point changé.

Tes temples sont déserts, tes lois abandonnées.
Le méchant voit en paix fleurir ses destinées ;
La vertu fuit les cœurs ; le juste confondu
En vain à tes autels porte un front abattu.

      Aucun fléau ne peut suspendre
      Le cours des profanations,
      Et des capitales en cendre
      Pour nous sont de vaines leçons.
Frémis, cité coupable, et crains un Dieu sévère ;
Il peut en un moment t'effacer de la terre.
Babylone n'est plus, et des signes certains
Prédisent à tes murs sa chûte et ses destins.

Tes jeux, tes chants impurs et tes danses lascives
Amolliront les cœurs de tes jeunes guerriers ;
Leurs bras seront sans force, et leurs troupes craintives
      Eviteront le choc des boucliers.
La perte des états suit de près leur mollesse.
Tu verras des tyrans, hardis par ta faiblesse,
S'élever dans ton sein, et tes indignes fils
Porter devant leur trône un front vil et soumis.

      Assis à tes brillans spectacles,
      Parmi les plaisirs corrupteurs,

12

Ils dédaigneront les oracles
D'un Dieu juste dans ses fureurs.
Mais son courroux enfin vengeant ta perfidie,
Tes provinces en proie au fer, à l'incendie,
Verront, à la clarté de leurs embrâsemens,
Des divines fureurs les premiers monumens.

Un sauvage vainqueur guidera ses cohortes
Parmi ton vaste empire, et cent peuples rivaux,
Jaloux de ta splendeur, viendront briser tes portes
    Et renverser l'orgueil de tes créneaux.
Alors que deviendra cette superbe audace
Qui des cieux irrités a bravé la menace ?
On la verra tomber comme, en son cours fougueux,
Tombe et meurt dans les airs un vent impétueux.

    L'effroi sera dans tes murailles
    Et tu n'auras plus tes héros.
    Le triste chant des funérailles
    Fera retentir tes échos.
D'un peuple suppliant pour fléchir sa colère,
Dieu n'écoutera point la tardive prière,
Et son courroux enfin qu'alluma ton mépris,
Ne pourra s'appaiser qu'au milieu des débris.

Que de pleurs et de maux ! Que de voix gémissantes !
Quelle horrible sueur couvre tes cavaliers !

Que de casques brisés, d'armes étincelantes,

 De champs couverts des corps de tes guerriers.

Que te sert d'invoquer les noms et la mémoire

Des héros dont le bras soutint jadis ta gloire ?

Ton cri par tes héros ne peut être entendu ;

Par leur marbre insensible à peine il est rendu.

  Mais de féroces chants de joie

  Succèdent aux gémissemens ;

  Au loin la flamme se déploie

  Et répand les embrâsemens.

Le désordre, les cris, les feux et la fumée

Marquent l'invasion d'une innombrable armée ;

Tes seuils sont teints de sang ; le meurtre, la terreur

Entourent les lieux saints en ce jour de fureur.

N'est-il donc, Dieu puissant, de terme à ta vengeance ?

Daigne prendre pitié de tes tristes enfans ;

Vois-les près des autels, implorant ta clémence,

 Se prosterner sur leurs parvis sanglans.

Leurs pleurs sont dédaignés : l'air au lointain répète

Les clameurs des soldats, le son de la trompette,

Le bruit des boucliers et des écroulemens,

Et la terre y répond par des mugissemens.

  L'ennemi profane la tombe

  Des héros si chers aux Français,

Et la gloire française tombe
　　Sur les débris de nos palais.
Qu'est devenu ce temple où des chants de victoire
Retentissaient aux jours célébrés par l'histoire ?
Tu n'es plus, ô cité fille de nos Gaulois,
Que se plut d'embellir l'orgueil de tes cent rois.

La Seine dont les flots roulaient sous des trophées,
Vient baigner à regret des décombres fumans ;
Son murmure redit des plaintes étouffées
　　A ses roseaux penchés et languissans.
Elle ouït en son cours retentir le rivage
Des cris d'un peuple épars qu'on traîne à l'esclavage :
Telle une forêt vaste et que battent les vents,
Semble pousser dans l'air de longs gémissemens.

　　La vierge éplorée et tremblante
　　Tourne ses regards vers les cieux,
　　Et l'épée encore sanglante
　　Presse les vaincus malheureux.
Tout fuit ; et le vainqueur conduit loin de ces rives
Des enfans, des vieillards et des veuves captives
Dont les pleurs, attestant le céleste courroux,
Arrosent cette terre où dorment leurs époux.

Le guerrier dans les fers, en quittant sa patrie,
Tourne vers elle aussi son front humilié ;

Il contemple en silence et sa gloire flétrie
    Et son aspect de splendeur dépouillé ;
Il voit encore au loin la flamme se répandre
Sur ces murs désolés qu'il n'a pas su défendre,
Et ce tableau, portant le trouble dans son cœur,
Y réveille trop tard une inutile ardeur.

      Les vaincus agitant leurs chaînes
        Ont suivi les pas des vainqueurs,
        Et dans les campagnes lointaines
        On entend leurs faibles clameurs.
Tout se tait : l'écho seul par fois répète encore
La chûte des palais que la flamme dévore ;
Une noire fumée alors couvrant ces lieux,
S'élève avec lenteur et plane vers les cieux.

Une lugubre paix se répand sur nos plaines.
Ainsi, lorsqu'un volcan appaise sa fureur,
Les éclats redoublés des foudres souterraines
    Sont remplacés par une sombre horreur.
Ainsi, Seigneur, ainsi, les chants de tes poëtes
Et les vertus du juste et ses larmes secrètes,
Les travaux du génie et les faits des héros
N'auront pu d'un grand peuple écarter ces fléaux.

      Ainsi, cette ville superbe
        Aura vu périr sa grandeur ;

Ses murs ensevelis sous l'herbe

Echapperont au voyageur.

Le temps ouvrant alors de nouvelles années,

Verra d'autres mortels et d'autres destinées ;

Et sur nos bords assis, peut-être un Barde en pleurs

Chantera notre audace et peindra nos malheurs.

ODE XIII.

AU SOLEIL.

O Soleil ! ta douce influence
Pénètre le sein du vallon :
Par toi, dans l'humide sillon,
Le germe murit en silence.
Bientôt l'épi charme nos yeux :
Tu le défends de la tempête :
Il croît, s'élève, et sur sa tête
Tu verses tout l'or de tes feux.

Astre éclatant du jour, quelle magnificence
Tu répands sur les cieux, lorsqu'en ta course immense,
Couvrant d'un réseau d'or les mers de l'Orient,
Tu balances dans l'air ton disque éblouissant.

Devant toi, l'aurore brillante,
Le front ceint de pourpre et d'azur,
Voit fuir des nuits le char obscur
Que suit l'étoile étincelante.
L'étoile, voilant sa beauté,
Lance encor ses feux sur la terre....

Mais les torrens de ta lumière
Ensevelissent sa clarté.

Tu parais, l'onde brille, et la vague argentée,
En flots de diamans roule précipitée.
Devant toi les vapeurs ont fui de toutes parts,
Et le pic lève un front dégagé de brouillards.

Ton retour console la terre ;
Ton messager est le printemps ;
Zéphyr t'annonce dans nos champs
Qu'il parcourt d'une aile légère.
Bientôt les rustiques concerts
Célèbrent la saison nouvelle,
Et l'amoureuse tourterelle
Vient gémir sous les antres verds.

Le sombre hiver, suivi des vents et des orages,
Fuit en grondant au sein de ses vastes nuages,
Et ce dieu courroucé, dans leurs humides flancs
Exhale sa fureur en de longs sifflemens.

Mais tu t'avances, Roi du monde,
Plein de force et de majesté,
Et bientôt les fruits de l'été
Reçoivent ta chaleur féconde.

Tes feux embrasent tour à tour
L'aigle, les génisses errantes ;
Le coursier poursuit ses amantes,
Et le taureau mugit d'amour.

Tu règnes, et des cieux la pompe fortunée
Embellit sous tes pas le cercle de l'année :
De ton trône entouré d'éclatantes vapeurs,
Tu jettes sur nos champs tes regards protecteurs.

Ah ! sur la région brûlante
Qu'embrase deux fois ton retour,
Vers ces lieux chers à ton amour,
Suspends ta marche triomphante !
Vingt peuples t'offrent leur encens :
Vois les vierges et les Caciques,
Inondant les sacrés portiques,
Implorer tes dons bienfaisans.

« O soleil, disent-ils, Ame de la nature,
» Sur nos champs de maïs verse ta clarté pure :
» Protége tes enfans ; que ton front radieux
» Jamais dans ton courroux ne s'éclipse à leurs yeux !

» Epargne la terre amoureuse :
» Ton ardeur consume ses flancs ;

13

» Par toi, la bouche des volcans

» Vomit la flamme impétueuse.

» Soleil, quand tes derniers rayons

» Ont cessé d'éclairer la terre,

» Permets qu'une onde salutaire

» Rafraîchisse nos régions. »

Ils disent, et leurs chœurs, célébrant ta puissance,
Autour de tes autels s'agitent en cadence ;
Les flèches ne sont plus dans la main du guerrier,
Et les perles et l'or brillent sur son collier.

Dans nos climats, l'esprit du sage,

Concevant un Dieu créateur,

En toi, de l'invisible auteur

Admire la plus belle image :

Comme ce Dieu, du haut des airs

Tu règnes sur l'espace immense ;

Et comme lui, par ta présence,

Tu rends la vie à l'univers.

POÉSIES DIVERSES.

L'ERMITE.

IMITATION DE L'ANGLAIS.

« O bon Ermite du vallon !
Est-il là-bas quelque chaumière
Vers cette lointaine lumière
Qui verse dans la nuit un incertain rayon ?

J'erre, égaré dans ce désert immense.
La fatigue accable mes sens ;
Et le désert toujours m'offre de nouveaux champs
Qu'habitent seuls la nuit et le silence. »

« O mon fils, crains cette lueur,
Avec bonté répond l'Ermite ;
Là voltige un fantôme, et ces feux qu'il agite
Entraîneraient tes pas vers un piége trompeur.

Viens plutôt reposer dans mon manoir tranquille ;
Il fut toujours ouvert au mortel sans asile ;
De l'enfant du besoin c'est l'abri protecteur.
J'ai peu, mais ce que j'ai, je l'offre de bon cœur.

Passe la nuit chez moi ? Tu vois ce monticule :
Sur sa pente adoucie est mon humble cellule.
Viens partager ce soir mes fruits, mon miel épais
Et ma couche de jonc, mon bonheur et ma paix.

   Mon bras ne livre point la guerre
Aux faibles animaux qui peuplent ces forêts ;
   Toujours simples sont les apprêts
De la frugalité, trésor du solitaire.

Instruit par la bonté du Souverain des cieux,
Je laisse en paix le daim bondir dans la vallée ;
Sa retraite par moi ne fut jamais troublée,
Et jamais de son sang je n'ai rougi ces lieux.

Mais je vais chaque jour au pied de ces collines
Emplir mon sac de fruits et de tendres racines ;
Là, j'ai d'innocens mets que produit la saison :
Une onde pure y coule et me sert de boisson.

O jeune voyageur ! que les soins de la terre
   Sont insensés et vains !
   Il faut peu de chose aux humains,
Et la mort vient bientôt terminer leur carrière. »

Telle, frappant la terre avec un léger bruit,
Descend du haut du ciel une douce rosée ;
Telle la voix du sage, exprimant sa pensée,
Charme le voyageur qui s'incline et le suit.

Ils arrivent à la chaumière ;
Son doux aspect réjouit le désert.
Là, le voyageur qui se perd
Trouve comme le pauvre un abri salutaire.

Mille provisions sous ce toit innocent
N'exigeaient pas le soin d'un maître vigilant.
De cette cellule ignorée
Un seul loquet fermait l'entrée.

C'était l'heure du soir où les faibles humains
Délaissent les travaux et les soins de la terre.
Le bon Ermite assemble et brise de ses mains
Quelques brins de bois sec, et le foyer s'éclaire.

Son hôte était rêveur. Il étale à ses yeux
Du lait, des végétaux, des fruits délicieux.
Il l'invite à s'asseoir, et leur repas tranquille
S'anime par l'aspect joyeux
De l'âtre dont les feux éclairent cet asile.

Le jeune chat, comme pour l'égayer,
A la lueur du chêne qui pétille,
Fait mille tours où sa souplesse brille,
Et le grillon chante dans le foyer.

Mais le jeune étranger à la tristesse en proie,
Semblait fermer son cœur à la commune joie.
Des pensers douloureux paraissent l'accabler,
Et ses larmes enfin commencent à couler.

L'Ermite observe et partage sa peine ;
Une douce pitié secrètement l'entraîne :
« Jeune homme, lui dit-il, qui cause ta douleur ?
D'où naissent les ennuis qui pèsent sur ton cœur ?

Chassé du toit que possédaient tes pères,
Loin des hommes cruels, tu vas sans doute errant ?
Ami trahi peut-être ou malheureux amant,
Tu regrettes des jours prospères !

Ah ! cesse tes regrets ; qu'ils sont faux les plaisirs
Que donne la richesse et son éclat frivole !
Insensé le mortel dont cette vaine idole
Excite et flatte les désirs !

Et l'amitié, qu'est-elle ? Une douce chimère,
Un fantôme trompeur, une ombre mensongère
Qui poursuit ici bas la gloire et la grandeur,
Et fuit l'infortuné qu'elle laisse à ses pleurs.

L'amour, qu'est-il encor ? Le jouet de nos belles
    Qui profanent son nom sacré.
L'amour, s'il vit encore, en un lieu retiré
Echauffe tout au plus le nid des tourterelles.

Ah ! c'est l'amour sur-tout qui cause nos malheurs.
Crains un sexe volage.... » Ainsi disait l'Ermite ;
    Tandis qu'il parle, une rougeur subite
Brille au front de son hôte et se mêle à ses pleurs.

    Son cœur palpite, et des beautés nouvelles
Sortent du vêtement que soulève son sein ;
Elles ont tout l'éclat des roses du matin,
    Et sont, hélas ! peu durables comme elles.

    Le trouble éclate en son front ingénu.
Tout son maintien retrace une douleur touchante ;
Il lève enfin les yeux, et le jeune inconnu
    Paraît une fille charmante.

« Ah ! pardonne, dit-elle, à l'être abandonné
Dont le profane abord a souillé cette enceinte.
  Pour toi seul, pour la vertu sainte
  Cet asile était destiné.

Daigne prendre pitié d'une fille tremblante
Que guide en ces déserts un amoureux devoir ;
Elle cherche la paix, et dans sa course errante
  Ne trouve que le désespoir.

  Les flots du Tage arrosent la patrie
  Où je naquis au sein de la grandeur.
  D'un tendre père, hélas ! j'étais chérie :
Seul fruit de son hymen, j'étais tout son bonheur.

Sa puissance et son rang, son antique opulence
De mon père à leurs yeux illustrant l'alliance,
  Plusieurs amans s'offrirent tour-à-tour.
  Ah ! c'est l'orgueil qui m'a perdue ;
  Tous ils louaient ma beauté prétendue,
  Tous ressentaient ou bien feignaient l'amour.

Chacun d'eux à l'envi, pour captiver mon âme,
Etalait sa richesse ou des titres pompeux ;
  Le jeune Edwin parut au milieu d'eux,
  Mais il n'osa me parler de sa flamme.

Modeste et simplement vêtu,
Edwin ne possédait ni pouvoir ni richesse ;
Pour tous biens il avait sa beauté , sa vertu ;
Ce fut assez pour ma tendresse.

Son doux regard brillait de la vive splendeur
Des perles du matin que le soleil colore ;
Son cœur était plus pur que le sein de la fleur
Qui s'ouvre aux larmes de l'aurore.

La rosée et les fleurs ne gardent qu'un instant
Leurs délicats parfums, leurs douces étincelles ;
Elles brillent toujours d'un éclat inconstant :
Mon amour seul fut inconstant comme elles.

Ma vanité se plut à tourmenter son cœur ;
J'épuisai l'art cruel de la coquetterie ,
Et quand, par mes rigueurs, son âme était flétrie,
Mon orgueil jouissait de sa tendre douleur.

Enfin, découragé par ma froideur hautaine ,
Et loin de moi cherchant un ignoré trépas ,
Dans un profond désert il a guidé ses pas.
Une solitude lointaine
A vu, dit-on, finir et ses jours et sa peine.

Et maintenant, c'est à moi de gémir ;
A moi seule est la faute , ô fille malheureuse !
Mais je cherche son toît, sa couche douloureuse,
    Et j'y resterai pour souffrir.

    Là , de l'univers séparée ,
Au souvenir d'Edwin , à mes regrets livrée,
J'appellerai la mort , je subirai sa loi ,
Je mourrai pour Edwin , puisqu'il est mort pour moi. »

  « Garde t'en bien , lui dit le Solitaire
    En la pressant contre son sein. »
La belle en pleurs lève un regard sévère
Et veut le repousser ; mais c'est lui.... C'est Edwin !

  « Angélina, dit-il, ma toujours chère,
Vois ton amant; enfin il t'est rendu.
Pour ton amour il n'était point perdu,
Ton souvenir l'attachait à la terre.

Ah ! sur mon cœur laisse moi te serrer ,
    N'es-tu pas mon tout et ma vie !
    Tu ne peux plus m'être ravie,
Et qui pourrait jamais nous séparer !

Vivons pour nous aimer ; qu'une chaîne si belle
Lie à jamais notre destin.
Que le dernier soupir d'Angélina fidèle
Soit le dernier soupir d'Edwin.

LES MOISSONNEURS.

Amis, fuyons dans la vallée,
Le soleil brûle les coteaux,
Et que la coupe ciselée
Dans vos mains remplace la faux !
Bergères, entourez ce ruisseau qui murmure
Et qui semble à l'écho raconter ses douleurs ;
En vous voyant, son onde pure
Croira couler parmi des fleurs.

Oh ! voyez comme dans la plaine
Erre tristement le glaneur !
Les doux zéphyrs n'ont plus d'haleine
Pour son front couvert de sueur.
Plaignons l'infortuné ! Que sa peine est touchante !
Il viendra près de vous ; alors, ô mes amis,
Laissez, de la gerbe opulente,
Laissez tomber quelques épis.

Buvez, buvez sous cet ombrage,
O mes amis, et que vos jours,

Comme le ruisseau du bocage,
Dans le calme suivent leur cours !
Un jour viendront, hélas ! deux moissonneurs sévères,
La Mort, la pâle Mort, l'inexorable Temps !
L'homme sous leurs faux meurtrières
Tombe comme la fleur des champs.

Chantez, ô pasteurs, quand l'aurore
Vient ouvrir les portes du jour.
Que le soir vous retrouve encore
Dans vos chants célébrant l'amour.
Le bonheur en ces lieux a choisi son asile,
Il fuit le vain éclat, l'orgueilleuse grandeur;
Il est sous ce berceau tranquille,
Et sous le toit du laboureur.

LE RUISSEAU.

Ruisseau charmant
Dont l'onde pure
Fuit, et murmure
Languissamment
Sous la verdure,
A ta fraîcheur
La jeune fleur
Doit sa parure.

En ses contours,
L'humble lavande
De sa guirlande
Orne ton cours.

La sensitive
Naît sur ta rive.

Sous le bosquet,
Avec mollesse,
Ton flot discret
Baigne et caresse

Narcisse, œillet.
La fleur muette,
Chère aux zéphyrs,
A tes soupirs
Penche sa tête.

Pour méditer
Souvent le sage
Vient visiter
Ce doux rivage.
Le sage entend
Ton eau plaintive
En murmurant
Quitter sa rive,
Le roc mousseux,
Le lit champêtre
Et l'antre creux
Qui t'ont vu naître.
Ton flot rêveur
Redit sa peine,
Et voyageur
Fuit dans la plaine.

Mais, dans le pré,
Vive et légère

S'en vient Glycère
Le front paré.

Sa main jolie
Va moissonnant
Lilas naissant,
Rose fleurie,
De la prairie
Doux ornement.
A cette vue
Ton onde émue
Soulève, étend
Ses flots d'argent.
De la folâtre
Elle surprend
Le pied d'albâtre :
Le flot bruyant
Atteint Glycère,
Et la bergère
Fuit en riant.

LE DÉPART.

Mon amour était pour Marie,
Mais Marie a trahi sa foi.
O fille ingrate mais chérie,
Ton amant va fuir loin de toi.
Déjà la grappe bourgeonnée
Annonce la fin de l'année ;
Adieu Marie, adieu mes sœurs,
Je pars avec les vendangeurs.

Lorsque jaunira la feuillée,
Je ne serai plus au hameau.
Je n'irai plus à la veillée
Rire, et dérober ton fuseau.
Mes chants amusaient nos bergères,
Je faisais endêver les mères.
Adieu Marie, adieu mes sœurs,
Je pars avec les vendangeurs.

Je ne verrai plus la fumée
Noircir les tours du vieux château,

Et les brouillards de la vallée
Se promener sur le coteau.
Mes yeux verront d'autres villages :
Leurs belles seront moins volages.....
Adieu Marie , adieu mes sœurs ,
Je pars avec les vendangeurs.

L'ESPRIT FOLLET.

LOUISE.

BLANCHE, on dit que dans ta chaumière
L'Esprit follet revient la nuit,
Qu'en son humeur brusque et légère
Il gronde , siffle et fait grand bruit.
Chaque matin , pour ta parure ,
Quelle main prépare un bouquet ?

BLANCHE.

Mes compagnes , je vous le jure ,
C'est la main de l'Esprit follet.

LOUISE.

On dit qu'il fait peur à ton père ,
Et que redoutant de le voir ,
Avec soin ta tremblante mère
Referme sa porte le soir.
Chaque matin , pour ta parure ,
Quelle main prépare un bouquet ?

BLANCHE.

Mes compagnes, je vous le jure,
C'est la main de l'Esprit follet.

LOUISE.

Lorsqu'on se rassemble au village,
Tu ne souris plus à nos jeux.
L'ennui se peint sur ton visage,
Et des pleurs coulent de tes yeux.
Sans doute, tu n'es pas heureuse;
Mais quand tu reviens du bosquet,
Qui peut te rendre ainsi rêveuse?
Serait-ce encor l'Esprit follet?

DITHYRAMBE

SUR LA FIN DE LA TERRE.

Livre saint, où des temps Dieu marqua la durée,
Découvre à mes regards sa volonté sacrée !
Que je lise ces mots prononcés dans le ciel :
« L'univers passera, seul je suis éternel. »
Découvre à mes regards, sur tes sanglantes pages,
Ces jours dont les mortels ont les tristes présages,
Leurs signes effrayans, leurs prodiges vengeurs,
Et la terre expirante en leurs saintes horreurs.

La gloire des humains, séduisante chimère,
N'étale qu'un instant sa grandeur passagère ;
Mais avant que le temps ait achevé son cours,
Quels crimes vont encor souiller de nouveaux jours ?

Dis-moi le sort de cet Empire
Que baignent les flots de trois mers,
Et quels formidables revers
Sont destinés à le détruire ?

Aux jours dont le prophète, en ses chants excité,
Pénètre avec effroi la sainte obscurité,
Quel superbe vainqueur, enfant de la colère
Du Dieu qui sait punir les crimes de la terre,
Fera briller encore, en nos malheureux champs,
Les casques des héros, leurs dards étincelans?

O cité de Plancus, ô cité malheureuse,
Toi, fille des Romains, et comme eux valeureuse!
Renaîtront-ils ces jours où le fer des tyrans
Dans tes murs désolés moissonna tes enfans?
On vit le Rhône alors dans ses vagues fumantes
Roulant les pâles corps et les têtes sanglantes,
Epouvantables dons des mains de la fureur,
Précipiter son onde et fuir avec horreur.
On vit l'Arar troublé, gémissant sur sa rive,
Hâter, en s'éloignant, sa course fugitive,
Et la veuve pleurer, en longs habits de deuil,
Sur les restes muets d'un époux au cercueil.

Habitans de ces bords que la Seine féconde,
Nation dont les chefs ont régné sur le monde,
Peuple antique et vaillant, aux siècles à venir
Doit s'effacer un jour votre grand souvenir.
Je vois l'Europe en pleurs; sa splendeur est passée;
Ses trônes sont détruits; Albion délaissée

Vainement redemande en ses rochers déserts
Ces tributs qu'on portait à la reine des mers.

Un jour des signes redoutables,
Gage des célestes fureurs,
Appelleront tous les malheurs
Sur nos régions déplorables.
Alors, les temps seront finis ;
Alors, dans sa juste colère,
L'Eternel doit livrer la terre
En proie à des feux ennemis.

Esprit inspirateur de la voix des prophètes,
Dis comment ces fléaux tomberont sur nos têtes !
Dis si ces feux cruels, nés au sein des volcans,
Pour consumer nos monts jailliront de leurs flancs ?
Ainsi l'astre éclatant au sein de l'empirée,
Qui brûle à nos regards d'une flamme sacrée,
Est peut-être lui-même un triste monument
Du crime de ses fils et de leur châtiment ;
Ou si ce globe errant dans les plaines du vide,
Abandonnant sa route en sa chute rapide,
Ira, couvert d'un sombre et sinistre appareil,
Se perdre dans ces cieux qu'embrase le soleil ?

Un sourd frémissement a fait mugir la terre.....
Les vents impétueux franchissant leur barrière,

16

Entr'ouvrent en grondant leur caverneux séjour ;
Un nuage s'élève et dérobe le jour.....
Le ciel tremble ! ô tableaux effrayans et sublimes !
Des monts avec tumulte au loin croulent les cimes,
Et de ses longs éclats, un tonnerre vengeur
Fait retentir des cieux la vaste profondeur.

> La lune sanglante
> Roule menaçante.
> Sur le front brillant
> De l'astre du monde,
> Une horreur profonde
> Soudain se répand.
> Des nuits les plus sombres
> On voit tour à tour
> Les funestes ombres
> Se mêler au jour.
> Guidant les étoiles
> Dont l'éclat la suit,
> La nuit tend ses voiles,
> Et soudain s'enfuit.

Les monarques émus se lèvent de leurs trônes.
A l'aspect effrayant de ces calamités,
Avec un bruit confus, les peuples des cités,
Les enfans du désert sous l'une et l'autre zônes
Se rassemblent épouvantés.

L'Océan bouillonne.

Le rapide éclair

De ses feux sillonne

Les plaines de l'air ;

La trompette sonne.....

Ses sons pleins d'horreur

Aux cieux se déploient ;

Les humains renvoient

Un cri de terreur.

La terre coupable ,

Que tourmente , accable ,

De mille fléaux

L'effort redoutable ,

S'entr'ouvre en lambeaux ;

Ses flancs se soulèvent ,

Et les morts se lèvent

Du fond des tombeaux.

Secouant à-la-fois leur antique poussière ,

Et d'un œil effrayé contemplant la lumière ,

Le superbe tyran , le lâche adulateur ,

Et l'indigne pontife , et le vil délateur ,

L'avare au cœur d'airain , l'ami faux , le perfide ,

Celui qui d'un sang pur teignit sa main avide ,

L'immodeste beauté , le riche fastueux ,

Tous se lèvent ensemble et le juste avec eux.

Le juste sur la terre à l'infortune en proie !
Oh ! dans ces derniers jours, comment peindre sa joie !
Animé par l'espoir du bonheur qui l'attend,
Sur les débris du monde il marche triomphant.

Les airs ont retenti des accens de l'impie :
« Ciel ! pourquoi ranimer une cendre endormie ?
» Sons qui retentissez dans l'asile des morts,
» Fallait-il avec eux éveiller leurs remords ?
» Poursuis, ô Dieu cruel, et détruis ton ouvrage.
» Lorsque tu me créas pour assouvir ta rage,
» Demandais-je de vivre ? O funeste réveil !
» O mort, rends-moi la paix de ton affreux sommeil ! »

Les générations se relèvent en foule :
Leur murmure est semblable au bruit des aquilons ;
Ou tel, dans la tempête inondant les vallons,
Un fleuve courroucé sur la terre s'écoule
Et du bruit de ses flots frappe l'écho des monts.

Apaisez-vous fils de la terre !
Quel spectacle frappe mes yeux !
Que vois-je descendre des cieux
Porté sur la vapeur légère !
Le Dieu puissant de l'univers,
Suivi de sa cour radieuse,

Guide sa marche lumineuse
Au sein de l'empire des airs.

Pour qui ces trônes d'or, ces couronnes brillantes ?
Quel noms célébrez-vous, harpes retentissantes ?
D'archanges entouré, l'éternel Créateur
Vient juger les mortels dans toute sa splendeur.
Voilà le Dieu des temps, le Dieu de la victoire,
Dont la terre et les cieux nous racontaient la gloire !
Ses justes vainement n'auront pas combattu ;
Il vient sécher enfin les pleurs de la vertu.

    Approchez, héros pacifiques,
    Bons rois, et vous, sages obscurs,
    Mortels équitables et purs,
    Contemplez ses dons magnifiques.
    L'Eternel a comblé vos vœux.
    Epurés par la mort cruelle,
    Revêtez la gloire immortelle
    Dont brillent les enfans des cieux.

Pour les méchans, hélas ! quels gouffres, quels abîmes,
Au milieu de l'espace ouvre un juge irrité !
    Chargés du triste poids des crimes
Qu'ils commirent au jour de leur prospérité,
Ils tremblent à l'aspect d'un Dieu plein d'équité !
Déjà par les remords leur supplice commence....

Mais l'Eternel s'arrête et les cieux font silence ;
Les accens des élus frappent le sein des airs,
Une pitié touchante anime leurs concerts :
« O toi, qui des humains as façonné l'argile,
» Pardonne en ta colère à l'enfant indocile.
» Ferme ce gouffre avide , éteins ces feux vengeurs ;
» Grand Dieu, de tes élus daigne sécher les pleurs !
    » Ces infortunés sont nos frères ;
» Ils connurent aussi les humaines misères.
    » Ah ! si tes élus te sont chers,
» Pardonne à ces pécheurs, pardonne à l'univers ! »

Ainsi disent les chœurs, et du haut de la nue
Dans l'air leur mélodie élancée et perdue
Se mêle encore au bruit des sourds gémissemens
Exhalés par l'impie en ces derniers momens.
Quand le calme de l'air fait présager l'orage,
Ainsi le voyageur assis sous un ombrage
Entend autour de lui murmurer le zéphyr,
Et sous des cieux lointains le tonnerre mugir.

O prière des saints, ô céleste harmonie,
Vos sons frappent encor mon oreille ravie :

    « Dieu ! si tes élus te sont chers,
» Pardonne à ces pécheurs, pardonne à l'univers ! »

L'Eternel s'est voilé. Sublime, impénétrable,

Il a ceint de vapeurs son trône redoutable.

Il médite : ô mortel, d'un œil audacieux,

Tu voudrais lire en vain dans les secrets des cieux.

L'Eternel a jugé.... Fatale messagère,

La flamme obéissante accourant sur la terre,

Dérobe à nos regards le sort des nations ;

Elle dévore au loin ses vastes régions.

Nos champs sont tout en feu ; l'Océan est sans ondes ;

Notre globe embrasé devient l'effroi des mondes,

Et leurs peuples tremblans contemplent dans les airs

Cet astre dont les feux menacent l'univers.

Nouveau soleil, il suit sa course vagabonde ;

Il sillonne des cieux l'immensité profonde,

S'abîme et disparaît. Les temps sont révolus :

Le Tout-Puissant existe, et la terre n'est plus.

ÉPILOGUE.

Sur les plaines du firmament
Déjà s'étend au loin la nuit silencieuse,
Et le froid aquilon dans sa course orageuse
Pousse vers la forêt un long mugissement ;
Le berger de retour, assis dans sa chaumière,
Amuse ses loisirs et charme son vieux père
  Par les sons de son flageolet,
Ou bien à ses enfans pressés contre leur mère,
Parle du revenant et de l'esprit follet.
  Et moi dans mon manoir tranquille,
Auprès de mon foyer je contemple en chantant
  Les feux de l'âtre étincelant
Dont la clarté blanchit les murs de mon asile.

  Souvent, dans ce calme enchanteur,
  Mon cœur se plaît aux douces rêveries.
  Je crois alors errer dans les prairies ;
J'écoute du ruisseau le murmure flatteur,
Ou suivant les détours de ses rives fleuries,
J'entends dans le lointain la chanson du pasteur.

Au milieu du repos et du silence austère
Qu'amène le retour de la nuit solitaire,
Souvent à mes regards, des âges écoulés
S'offrent les faits nombreux, les fastes rassemblés,
Ces règnes, ces combats des maîtres de la terre
Dont le temps détruisit la grandeur passagère.
D'autres fois mon esprit élancé vers les cieux,
Libre de ses liens, dans leurs champs radieux
De la création contemple les merveilles.
Dans une paix heureuse ainsi coulent mes veilles.

Alors, tantôt mon vers saintement excité
Peint des plaines d'azur l'heureuse éternité,
Ou redisant le juste à l'infortune en proie,
Du crime triomphant et l'orgueil et la joie,
Et les oracles saints par nos cœurs rejetés,
Prédit en éclatant la perte des cités,
Les vengeances d'un Dieu, les flammes, les batailles,
Dans nos murs désolés semant les funérailles.

Tantôt aussi peignant un tranquille bonheur,
Il aime à célébrer le retour de Zéphyre ;
Il redit à l'écho le chant du vendangeur,
Ou d'Emilie enfin vantant le doux sourire,
    Tendre, soumis, empressé tour à tour,
Soupire en murmurant un innocent amour.

17

Ainsi des doctes sœurs je respire l'ivresse,
Et quand le temps jaloux, effaçant ma jeunesse,
  Me ravira d'agréables erreurs,
Il restera du moins à ma froide vieillesse
  Des souvenirs flatteurs.

FIN.

TABLE.

POÉSIES DIVERSES.

~~~~~~~~~~~~~~~~~

Nota. Cette Edition n'a été tirée qu'à un très-petit nombre d'exemplaires qui n'ont pas été destinés à être mis en vente.